吟诗不似风华病

醉酒只因辞令鲜

俯首躬身作勝游
凌寒冒暑也無休
老來不問田間事
只但清秋放遠眸

書克胤友七絶牛

癸巳春 聶鑫森

书克胤七绝一首　聶鑫森 2013年

脱開羈絆四蹄輕

不慕虛名不計程

寧可荒原為情死

但將血汗付長空

書克胤友七絶馬

癸巳春聶鑫森

书克胤七绝一首　聂鑫森 2013年

雨霽風初洗
天高雁正秋
遠山非舊主
俠客上新樓
勝狀憑誰問
豪情各自由
人間多綺夢
今夜蕩輕舟

克胤詩岳陽
癸巳年
聶鑫森書

书克胤诗《岳阳》 聂鑫森 2013年

劉克胤詩 癸巳春
聶鑫森書

江亭

江亭風欲靜
江水自心聲
笑看千秋月
樽前照更明

书克胤诗《江亭》　聶鑫森 2013年

江南江北地不嫌貧或遇石縫

亦能扎根露滌鉛粉風搖玉音

深碧流煙鳳尾拂塵生來正直

冰霜不侵虛心抱節世代堅貞

可以醫俗可惠兒孫歲寒三友

誰不識君伐之未盡只待一春

天材如是無為復尋

克胤友眾竹節選癸巳年鬺鑫森書

书克胤诗《咏竹》节选 聂鑫森 2013年

但見春花落地紅

無期秋樹避衰容

和風拂面誰生厭

夢裡英雄氣尤短

冷雨撤心各不同

籠中虎豹力難窮

星移斗轉遵天命

似水流年影幾重

書克胤詩兄之春秋

詩時為癸巳歲

春晨宵外大雨蕭

寒氣砭骨讀之書

之感慨萬千持筆

難禁耳乃題此數

行小跋六十五叟罷

鑫森

书克胤诗《春秋》　聂鑫森 2013年

開春　劉克胤

冬去不疑遲

八方尊四時

春來花未醒

莫道柳先知

癸巳春聶鑫森書

书克胤诗《开春》　聂鑫森 2013年

新风

刘克胤 著

中国青年出版社

（京）新登字083号

图书在版编目（CIP）数据

新风／刘克胤著.

—北京：中国青年出版社，2013

ISBN 978-7-5153-1581-2

Ⅰ．①新… Ⅱ．①刘… Ⅲ．①古体诗—诗集

—中国—当代 Ⅳ．①I227

中国版本图书馆CIP数据核字（2013）第087897号

责任编辑：彭明榜

书籍设计：孙初＋林业

中国青年出版社 出版 发行

社址：北京东四12条21号

邮政编码：100708

网址：www.cyp.com.cn

编辑部电话：（010）57350370

门市部电话：（010）57350370

三河市世纪兴源印刷有限公司印刷　　新华书店经销

700mm×1000mm　1／16　14.125印张　125千字

2013年5月北京第1版　2013年5月河北第1次印刷

定价：29.00元

本书如有印装质量问题，请凭购书发票与质检部联系调换

联系电话：（010）57350337

诗人风骨　公仆情怀

周笃文

二零一零年十月，我赴湖南考察诗教诗乡建设，得识刘君克胤于株洲芦淞诗会上。眼见其举重若轻、咄嗟立办之干才，耳闻其议论风发、骨鲠铮铮之谈吐，心甚赏之。及与接谈，知其老家于平江向家畬，地邻湘阴（今属汨罗）、长沙两县，乃吾老姑庐舍之所，山水清旷，人文荟萃，儿时往来无数。最有趣者是湖南司法界元老陈长族老先生，早年追随中山先生，久任湖南高等法院院长，为先父老长官，竟是克胤之岳伯祖公。搬亲论故，倍感亲切。相与把盏论文，益多雅趣闲情。嗣后获观其诗，皆意境深远，韵味悠长，既言之有物，意象鲜活，又几不用典，通晓流畅，虽格律稍粗而胆识过人，格调高岸可喜。两三年来，诗简往返，颇见精进，能言人之不敢言，俨然把臂诗林而自成家数，益觉克胤敏才好学，极富悟性，有灵犀在抱、一点即通之感。近闻克胤诗作将结集出版，乃命笔，写寥寥数语以示欣喜和鼓励。

其诗一如其人，特点自见，约略言之，可数其三。

一为体恤生民的悲悯情怀。克胤身为区县领导，临民问政，对生民苦厄极为关注。诗中此类题材既多且生动感人。如《荒村》："独行四五里，终于见着人。……果园杂树密，草地茅草深。……勿解其中故，十年变荒村？"何以荒废呢？"言壮之南粤，屈指有三春。"道出了一种普遍性的抛荒的理由。其《世风》则对腐朽龌龊之风大伸挞伐，"茫茫何所顾，浊气四时熏。……唯己尊至上，目中无亲伦。敲骨当柴火，拔毛造寿衾。……胆敢灭天道，公开辱众神。今我枉怀忧，清宵作苦吟。"瞩目惊心如此，对恶行之讨伐，溢于言表，充分体现了执政者嫉恶如仇之良知与毕力除弊的决心。《矿难》则极写对枉死者之痛惜："壮汉十七条，悉数罹祸殃"、"睁眼说瞎话，公然昧天良"、"些小州县吏，报喜不报丧"、"有钱鬼推磨，讵能失周章"，如此草菅人命，到了人神共愤的程度了。其它如《讨薪》（组诗）："讨薪如顶罪，欠账反抢拳"、"椎胸吞苦酒，含泪问青天"，《挑夫》："一根扁担斜在肩，离土离乡乞晚年"、"伤筋痛骨浑身汗，俯首弯腰几个钱"，《上访》（组诗）："有闲不去观风景，因故还来问路津"、"风尘满面心如铁，自愧人前不是人"……此等作品真是声声血泪，字字穿心，道尽了底层民众之痛楚。

二为居官自警的清正品格。其《无题》云："多少豪情怨暗伤，满城声色信由缰。神归地狱才思过，鬼入天堂总怕光。无病蹙眉装有病，黑帮变脸作红帮。决然已去东流水，回首人间泪更长。"此诗概括力强，是对众生百态的深刻揭露。在《庸医》中作者对"装神弄鬼施妖术，昧眼欺心画处方。背上生疮来猛药，颅中出血灌清汤"的庸医（影射庸官恶吏）的丑行和嘴脸进行了痛斥。《公宴》则以近乎白描的手法写道："不问苍生不问天，肉身只待浪无边。今宵粪土三千担，昨日烟云五万钱。眼似青光谁见怪，心无明镜鬼才冤。呼风唤雨行长运，醉里春秋贺假年。"对挥金如土、挥霍民脂民膏的行径痛予鞭挞，真是一针见血。《通衢》又以"白昼长明万盏灯，依然雾里看昏蒙。粮仓硕鼠称高手，墙角醢猫赚美名"的辛辣之笔，对欺世盗名、白日做贼的丑类予以无情讽刺与批判。这类作品笔锋凌厉，堪称剑客操刀直取心肝之力作。值得特别提出的是《自省》一诗。作者自我剖析，直抒胸臆："且莫以为怪，偏作假病吟。吾辈守法纪，罪孽同样深。偶尔能自省，强比人中君。……风雨在窗外，寒暑莫当真。终身得厚泽，名为公仆身。……念兹恨惭愧，一朝任直陈。不愁头半白，但求稍安神。"这种严于自省的反求诸己的精神，格外感人。一如鲁迅《一件小事》中所写人力车夫 "他不怕牵连，扶起撞倒的老妇"之事，令鲁迅感到自愧与自责。刘诗《自省》表现了同样的情感。诗人这种勇于自责的精神是何等可贵啊！

三为磊落高远的诗家衿抱。克胤出身耕读人家，以优异成绩考入西北工业大学。湖湘山水的灵气，与强悍不屈的罗子精神，赋予他一种傲岸坚毅的情怀，发于诗中便熠熠生辉、令人振奋。如《空山》："空山处处蕴奇材，午夜清风月满怀。……世外桃源人莫问，千枝万朵为君开。"境界何其清逸欣悦。《江亭》云："江亭风欲静，江水自心声。笑看千秋月，樽前照更明。"笑看秋月朗照清樽，又是何等潇洒坦荡。再如《寄人》："窗外风云容细品，世间冷暖不难猜。……抖擞精神看长物，百花杀尽又何哀。"既淡定又昂扬，提得起放得下，湘人意气正复如是。其《冬夜》写狂风扑门心态，中有："若是神催我，焉能鬼打门。晨光知永夜，许作自由身。"足见作者襟抱。其《习诗》云："生来不是神仙骨，世态炎凉自了然。……一任匆匆云水逝，但留佳句佐清欢。"意谓自己虽无仙骨，可也早把炎凉世态看个明白，萦心难忘者诗酒清欢而已。风骨高旷如此，高适所谓："性灵出万象，风骨超常伦"，与此近之。

克胤也写亲情、友情及个人际遇，笔墨所至，心之所至，不乏佳作。如《岳翁》："中秋朗照团圆月，寒露悲歌祭祀门。怜我今生无再奉，凄然悌下不儿孙。"《无寄》："敢念楼空成假寐，还从月落坐枯禅。眼前景物生长怨，梦里容颜忆旧欢。"《风寒》："一生梦想难登月，五日风寒易损颜。……针针见血无长效，处处留心竟枉然。"《浮世》："浮世千年不洗冤，清宵难寐自难言。风流梦里一头热，月照窗前几度圆。"……读来或感人肺腑，或令人沉思。克胤流连山水时的放浪，亦见真性情。吾尤喜《散人》："空山似季春，炎暑好安身。欲比云中鸟，何如树下荫。新书翻两页，薄酒搞三斤。过客平江佬，谁知亦散人。"

克胤以敏悟之才、伉爽之气为诗，下笔能见性灵与肝胆，实乃可嘉可贺可钦。稍加时日，精进之，搜讨之，则大成非远也。

二零一三年春日于影珠书屋

（作者系中华诗词学会、韵文学会创始人之一，《中华词赋》杂志总编辑）

切入时事　力陈心迹

聂鑫森

近年来，以新诗而闻名遐迩的克胤，余勇可贾，跃马扬鞭又杀入旧体诗词的创作领域，先声夺人，颇有斩获，汇成《新风》一集，不能不令人刮目相看。

克胤于旧体诗词创作中，先攻"古风"体式。何谓"古风"？即是以五言或七言构成诗的基本句式，篇幅可长可短，平仄也无须严格遵守，但合辙合韵的一种古诗形制，有"五古""七古"之谓。大凡情感奔放、联想狂肆、才情汹涌的人，喜欢写"古风"，如李白；或喜欢切入时事，长于陈叙的诗人，亦爱用这种诗体，如白居易。

唐代白居易的许多名篇，如《长恨歌》《琵琶行》《卖炭翁》《买花》……都是"古风"，并因此而掀起一场"新乐府运动"。他在《与元九书》中，明确地提出了写诗作文的庄严任务是："救济人病，裨补时阙"，"文章合为时而著，歌诗合为事而作"。他的创作主张和实践，穿越历史的时空，影响极为深远。

克胤的"新风"，是否承其余风流韵？且细读他的"文本"，或许可窥其堂奥。

克胤年纪虽轻，经历、阅历却是丰富。作为基层官员，他始终怀着一种纠缠不解的"草根"情结，能以平民的心态和视角去触摸底层的人和事，去勾勒现实生活的种种景状，并咏之以诗。如《荒村》，写青壮农民进城打工，留守者多为祖孙，造成了田地、果园的荒芜，"……果园杂树密，菜地茅草深。野禾存余怨，老田蓄苦心。书声朗朗去，犬吠奢与闻。勿解其中故，十年变荒村。"又如《极旱》，诗人在题记中说：二零零九年秋至二零一零年春，云贵川渝等地旱情愕然惊世，云南尤烈，百年一遇。"西南有干旱，灾重惊四方。地裂深盈尺，井涸陷泥床。苗枯知惨痛，鱼死怨暗伤。最苦人与畜，缺饮何凄惶……"诗人的悯世惜民之情，令人震撼和感动。此类诗集中多见，《老妪》《悯农》《矿难》《同学》《访贫》《讨薪》……写的都是国计民生的敏感问题，赤子衷肠，情真意切。这与白居易提倡的创作主旨，应是一脉相通的。

白居易的诗不乏"讽喻"的意味，克胤的诗也在这方面多有承接，他的《富商》我很喜欢。此诗以白描的手法，写出"富商"青少年时代的不爱读书、懒于农事、打架斗殴、偷摸赌博，但忽然暴富，成了人物，"四十染房产，一鸣同行惊。从此语更响，远近尊大名。"他见了诗人，首先问的是年收入，然后连说太少、太少，诗便戛然而止。"富商"的形象，可笑而让人深思。还有写歌舞厅陪舞者的《美人》："口红敢羞花，远闻腥如血……专为娱者亲，敢疑陌生客。满城歌舞厅，趋之更忐忑。"

克胤先攻"古风"，开启"新风"，继而开拓绝句、律诗新境界，同样成绩不俗。本集中绝句一百五十多首，律诗七十余篇，虽形制有别，其内蕴却与他的"古风"遥相呼应，关注国计民生、社会景况，大境界、小切入、精审视，状物、写景、抒情、寄意，张弛有度，摇曳多姿。绝句、律诗所要求的声律、对仗，无不用心良苦，显露他锤字炼句的功夫。如《开春》："冬去不疑迟，八方尊四时。春来花未醒，莫道柳先知。"又如《内涝》："小城酷似大花园，狂雨通宵竟未眠。车陷长街都惹祸，犬游深海半成仙。渔人上岸偏逢鬼，舟子摇头只怨天。日月寻思难解惑，风云长叹又蒙冤。"

不管是何种体裁的诗，既要写景状物，更要抒怀寄意、力陈心迹。克胤的诗，注重诗境的营造、诗意的催孕，同时，表达出了他独特的见解和思辩，因而锐气和力量俱备。他的《临镜》《恕醉》《世风》《宦海》《游园》等篇什，皆有这种特色。"耕耘俯首三餐饱，修练潜心四处宜"（《杂说》）；"浊气还缘陈腐起，清流只让高寒来"（《寄月》）；"万顷波涛成大象，小溪只配养泥鳅"（《龙》）；"过往丈夫多气概，从来竖子少豪雄"（《不醉》）；"不愁头半白，但求稍安神"（《自省》）；"挺身猫似虎，俯首蚁如牛"（《不愁》）；"寂寂一生久，谦谦何苦心"（《蜡烛》）……造语工新，寄托深远，读之可提神醒脑，咀嚼再三。

白居易的诗，曾在口语化上作过很大的努力，这是早有定评的。克胤的诗亦从容晓畅，闪烁当今生活的光彩，少用典，不自作古奥，一些有特色的湖南方言，也时或采撷之。"寸心不违逆，仰面遗世情。电讯早切断，进出无影屏"（《偏居》）；"好饮且善饮，方能称高人。无须再三劝，不必霸蛮筋"（《高人》）；"霏霏淫雨助阴霾，只道春天开小差"（《寄人》）；"无病蹙眉装有病，黑帮变脸作红帮"（《无题》）；"烦恼莫预支，相悦何悠悠"（《赠内》）……此中的"电讯"、"影屏"，勾画出现代生活的轨迹；"霸蛮筋"、"开小差"、"变脸"、"预支"，常见之于俗语，让人莞尔一笑。

眼下爱读爱写旧体诗词的人越来越多，欲有所造化，克胤的经验可堪借鉴。这本诗集，可窥探出他对古体诗和自由体新诗营养的双重吸纳，同时又从自己熟谙的题材、情感的表述方式、审美的别样要求出发，找到自己顺心顺手的诗歌体式，予以深研细究，方有这种气象和格局。

《新风》值得一读。

（作者系著名小说家、湖南省作协名誉主席）

植根现实创新风

刘
强

刘克胤先生是个诗性至善的人，倜傥潇洒于诗的天地，不断地创造诗的新风采，展现诗的新风貌，赢得一片诗的叫好声。然而他却笑言自己从事诗创造"纯粹外狐野道，不敢冒充方家"。

刘克胤先生的诗创造，是从自由体新诗开始的，出版5部新诗著，有作品入选《中国诗歌档案》。2008年，参加《诗刊》社组织的第24届"青春诗会"。他不满足于既有成绩，又开始诗的新探索，迈出诗创造的新步伐，植根现实创"新风"。

且读他一首饶有情趣的《园中》：

> 豆角挂树上，小葱立墙边。
>
> 苦瓜一身坨，丝瓜爱光鲜。
>
> 芫荽刚破土，白薯犹贪眠。
>
> 子姜妄言辣，青椒笑翻天。
>
> 南风凉爽爽，蜂蝶舞翩翩。
>
> 造物尽其善，二老理福田。

《园中》一诗，是诗人所抒写的田园理想和美好愿景。此诗雅俗共赏，诗意浓郁，撩拨心胸。如果写成自由体新诗，那就等于成了"大白话"，少有诗味了。如果由着以往"古风"体的路数，它的诗意也很难如此自由地变化和淋漓尽致地发挥。我们觉得，此诗创造了一幅新的自然景观，不啻富有颜色美、动感美，且清新活泼，快乐无比，自由自在。可以说，自由体新诗难以写得如此简练，如此纯粹；而以往的"古风"体所表达的诗意，也不会如此自然、流畅，更莫说这些自然之子——园中的蔬菜们，各具风姿的自由偶傥了。

创新，从继承而来，是对传统——新老传统的继承性发展。这样，克胤创造诗的"新风"，继承性地发扬新、旧诗的优秀传统，绽放诗的艺术之葩，也就势在必然了。

再读他的《檵木》：

> 淡泊能守志，不材不乞怜。
> 花开去香艳，羞作桃李喧。
> 炎凉诚无患，风雨定有欢。
> 可请立庭院，可以遗山间。
> 日月何所弃，天地何所捐。
> 沧桑话千古，默默结生缘。

这首诗，写的是一种常见树木——《檵木》。如果要用自由体新诗来描摹，还不知道要耗费多少笔墨，也难已绘其形，达其意。"淡泊守志"，无攀高之心，不是没有理想和志气。檵木不是栋梁之才，也没什么讨人爱怜的，花开花落，不香不艳，乃至不声不响，任由自然，开过了、奉献了也就满足。所处可城可乡，可园可野，甚至可以风光也可以被"遮蔽",没有怨言。日月不弃,天地眷怜,千古沧桑,乃此生机缘,做好可做和该做的事,就不会辜负生命。此诗表达檵木——亦譬如做人的崇高品性:既有出世的精神,又甘愿做好入世的事业。

这样的诗,读起来朗朗上口,品咂起来意味甚浓。一般古风体诗没有如此的自然、自得、自由,而比起当今自由体新诗,在意境开拓上又多了几分幽深、几分雅致。

现实,诗的宇宙。现实的土地宽广而富饶。刘克胤转行于旧体诗创作,当然并非为了猎奇,并非为了创造某种新的诗歌体式(那根本就不是诗创作的目的),他是要用旧体诗的瓶子装自由体新诗难以装下的"新酿"。因此,无论使用何种体式,无论怎样表述,刘克胤都特别强调眼睛向下,直面现实,而不是回避现实,或粉饰现实。刘克胤要做的,就是力求于纷繁复杂的、司空见惯的社会生活中有新发现、新思考。纵观当今诗坛,某些自由体新诗和旧体诗词作品,不怎么受读者欢迎的一个重要原因,是它们都有一个通病:隔膜现实或"遮蔽"现实,内容浮躁浅薄,或沉溺于一派歌舞升平之中,或满足于玩弄诗的"游戏",抑或咂滋咂味于"小资"情调及"自我"趣味,重而复之。对此,刘克胤持批判态度。他创造诗的"新风",植根于现实土壤,大力发掘新的题材,深层次地表现底层百姓的人生坎坷和现实疼痛,也让我们看到现实的复杂脸色和庞杂难辨的晦暗心灵。

这部题曰《新风》的诗集,分为乡土篇、世态篇、人文篇和家道篇等四辑,都是对现实生活的真实描绘和深刻反思。《荒村》《老妪》《讨薪》《废居》等章,从现实纵深处反映民生疾苦,关注百姓生活,表现变革与矛盾交织的现实。比如,加快城镇化建设步伐是好事,可一些乡村的建设无人顾及,青壮劳力进城打工为现代化建设出力,耕播却只剩下孤老幼童，致使村庄荒废，山乡颓败，"残瓦不堪飘欲坠，断梁岂止恨无承"（《废居》）；良田荒芜，少种歉收，"果园杂树密，菜地茅草深"（《荒村》）；大规模城市建设毁损生态环境，"强圈十万亩，一夜令平夷"（《悯鸟》）。如此，城市的道路宽广了，乡村的天空狭窄了。从而，诗人提出种种关切，呼吁对自然生态体系的修复。又如，我国在推进市场化、工业化、城市化进程中，取得了举世瞩目的建设成就，诗人并不讳言现实遭遇到的困难、障碍和社会矛盾：一面是歌舞升平，一面又是民生多艰，矿难频发，"轰隆一声响，日没晦无光。壮汉十七条，悉数罹祸殃。活着不露脸，死了还要藏。些小州县吏，报喜不报丧。睁眼说瞎话，公然昧天良"（《矿难》）；动车追尾，高铁车祸，"江河闻长恨，日月泪双垂"，莺歌燕舞之中，犹然"繁华有憔悴"（《车祸》）。还有，腐恶之风日嚣尘上，"粮仓硕鼠称高手，墙脚酣猫赚美名。强弩谁怜猛禽死，坚冰犹怨芳草生"（《通衢》）；"今宵粪土三千担，昨日烟云五万钱。眼似青光谁见怪，心无明镜鬼才冤"（《公宴》）；"敲骨当柴火，拔毛造寿衾。殷勤劝守节，未知果是因"（《世风》）；"古来同一调，世态恨炎凉。今又何所异，信口问街坊"（《暗娼》）……这许多，带给我们极大的震撼，觉得现实中有"隐秘"东西存在，有"物欲"流荡也有精神抗衡。

现代工商业社会以释放物欲、追求享乐为旨归，具有亵渎的裹挟力与腐蚀性，它塑造浅表型人格。不啻青年诗人，也有中老年诗人，大面积地创造力衰退和批评失语，使诗坛缺少质量与品质都较稳定的创作中坚，和足以与时尚趣味、观念相抗衡的优雅品格的坚守。刘克胤的诗创造旨在做这种"诗意"坚守。他的这种努力是成功的。

来读一读《虎》：

两个瞳仁似吊灯，景阳冈上寻武松。

一声长啸震天地，暮霭沉沉四望空。

"虎"威不减，两个瞳仁吊灯一般虎视这个世界，一声长啸天地也能撼动。可是，四下里"暮霭沉沉"，剩下一片空旷。虎会不会觉得自己太孤寂呢——因为武松找不到了，空余"景阳冈"这样的名胜。然而，作者只作白描，不发议论，把想象的空间留给读者，让读者去参悟言外之意。

这样的诗当然很值得关注。《新风》中相当多的篇目都是咏物寄怀之作，一类寄寓个人遭际，另一类则富有更深广的社会意义，多是针对时代弊端与世态人情而发，价值更高。比如《蚊子》：

贼心嗜血不嫌贫，未报人间一点恩。

过往匆匆都作孽，干干净净鲜留痕。

腐恶之风，孳养了一批"蚊子"，"蚊子"更为腐恶之风掀波逐浪，弄得满世界不堪其害。诗人拿起"讽喻"这把匕首，刺向丑恶的"蚊子"，力度不可谓不大。尤其是"不嫌贫"三个字，简直入木三分——蚊子的嗜血尤其面向弱势群体（因为他们鲜有防御和反抗能力）。

我认识克胤二十多年了。在我眼中，克胤是一个聪颖好学、富有正义感的青年，为人处世干事业，都见真性情。作为一个基层官员，他的这本旧体诗作——《新风》，一如他的自由体新诗，一如他的人品，全无市侩气、官场气，不仅仅是为了寄托个人的喜怒哀乐，更多的是心系天下，悯世惜民，展现出来的是一个善于思考、惯于自省、敢于承担的知识分子的情感和胸襟。他把他的悲悯情怀、忧患意识、历史沧桑感都融汇在他对世界、对众生的大爱之中。他的作品因此颇具冲击力和生命力，应该经得起时光的淘洗，经得起历史的检验。

（作者系国家一级作家、中国作家协会会员）

目 录

第
一
辑

乡土篇

荒 村

独行四五里，终于见着人。

二孩地上坐，应是黎家孙。

娭馳出将来，双手搓围裙。

言壮之南粤，屈指有三春。

逐户还细访，大多同此音。

周遭复勘探，黯然伤我神。

果园杂树密，菜地茅草深。

野禾存余怨，老田蓄苦心。

书声朗朗去，犬吠奢与闻。

勿解其中故，十年变荒村。

刀 螂

晴光亦萧索，寂寞更秋风。

屈腿量余力，欺心向碧空。

岂因朝露苦，徒待晚霞红。

节令周而复，残生计已穷。

老 妪

近郊一老妪，身体早伛偻。

初见残而虚，实则似强弩。

今岁六十七，丈夫已作古。

寡居四十载，养活三崽女。

有目刚识丁，终生未离土。

喜存两分地，相守犹辛苦。

所种皆时蔬，天人竞宾主。

下请有家肥，上免毒药侮。

食之岂能尽，且安城中釜。

申酉挑将去，刀枪莫敢阻。

问妪何致此，理当轻自辱。

闻妪回我言，木然久无语。

年高行还健，耻待崽女哺。

崽女亦何易，常年侵风雨。

可惜越明春，再来非旧圃。

耙头恶遭弃，老妇空期许。

郊　野

金乌栖身暖，野风贴面亲。

出城二十里，阡陌候知音。

菜花切切意，游蜂拳拳心。

闲田草竞绿，远树鸟嬉春。

念此一生世，难为抱朴真。

开眼误时令，入耳多乱闻。

今日安所在，醉卧杨梅村。

潺潺东溪水，悠悠九天云。

风 物（组诗）

枫

一生何意惹人怜，步履从容胜杜鹃。
信使秋风终有恨，丹心无悔照青天。

菊

不学春花趁势开，十分深爱在灵台。
悠悠梦里身相许，独向霜天问去来。

兰

未似夭桃百媚生，花开浅碧有无中。
谦谦君子名天下，一瓣心香匿草丛。

竹

何劳赫赫丹青手，不许幽幽翰墨林。

凌雪经霜根有节，清姿雅质抱常春。

松

地阔天高看大千，悬崖断处亦心安。

暑蒸寒虐风雷劈，不改豪情不损颜。

极 旱

二零零九年秋至二零一零年春，
云贵川渝等地旱情愕然惊世，
云南尤烈，百年一遇。

西南有干旱，灾重惊四方。

地裂深盈尺，井涸陷泥床。

苗枯知惨痛，鱼死怨暗伤。

最苦人与畜，缺饮何凄惶。

我寄湘东侧，心忧固难藏。

设台在水边，对月点高香。

仰头向天问，此恶可计量。

欲哭天无泪，独言罪难当。

咏 春 （组诗）

开春

冬去不疑迟，八方尊四时。
春来花未醒，莫道柳先知。

迎春

今日新春到，迎春花未开。
芳心原有信，何意费人猜。

倒春

连日倒春寒，群芳已损颜。
抬头看江柳，袅袅含翠烟。

踏春

朗朗一乾坤，融融物色新。
何须书在手，不必酒盈樽。

惜春

熏风醉万家，烟雨煮新茶。
众口夸春色，无人道落花。

觅春

春去亦从容，年年无不同。
遥知云梦里，犹见映山红。

咏 梅 （组诗）

一

满园寂寂竟何哀，铁骨铮铮不废材。

独向天涯传快讯，春风万里赋归来。

二

一枝独秀斗阴霾，哪管群芳说异才。

兀自焚香将烈焰，直冲霄汉照天开。

三

苍天有眼看分明，一片丹心远世情。

自养精神时不误，何须嚷嚷借东风。

四

花开不许费经营，万两黄金也不行。
不到周天寒彻骨，相逢不与吐衷情。

五

玉树琼枝老亦新，不因寂寞媚阳春。
丹青欲写心香色，梦笔难为一点痕。

六

雪落寒山五尺深，孤身默默守清贫。
冰心炼到无尘念，不剪江南半幅春。

咏 竹

江南江北，地不嫌贫。

或遇石缝，亦能扎根。

秦汉以往，劈简为文。

一卷在手，且闻清芬。

美芽食嫩，丰我盘飧。

居中器用，多赖此身。

请种后院，岂劳苦辛。

三三两两，破费几金。

底肥下足，勿求问勤。

四年报笋，五载成林。

露涤铅粉，风摇玉音。

深碧流烟，凤尾拂尘。

生来正直，冰雪不侵。

虚心抱节，世代坚贞。

可以医俗，可惠儿孙。

岁寒三友，谁不识君。

伐之未尽，只待一春。

天材如是，无为复寻。

风 景 (组诗)

桃源

桃源夸美景，千载复何求。
陶令知回返，东篱淡淡秋。

等雨

扁舟归绿浦，蓬壁半窗开。
闲坐摊书卷，听风裹雨来。

日暮

野旷闻孤雁，离人去未归。
凉风天欲暮，白菊照墙隈。

秋韵

红叶醉霜寒，枯藤抱树眠。

流光鸣涧水，野老照酡颜。

不知

宿鸟作悲诗，群芳似不知。

风闻犹落泪，狂雨复来迟。

园　中

豆角挂树上，小葱立墙边。

苦瓜一身坨，丝瓜爱光鲜。

芫荽刚破土，白薯犹贪眠。

子姜妄言辣，青椒笑翻天。

南风凉爽爽，蜂蝶舞翩翩。

造物尽其善，二老理福田。

檵　木

檵木，常绿灌木或小乔木，生长缓慢，

枝叶可提制栲胶，子实可榨油。

花和叶、茎可入药。

未经品种改良者，春天开花，浅白色，无嗅。

淡泊能守志，不材不乞怜。

花开去香艳，羞作桃李喧。

炎凉诚无患，风雨定有欢。

可请立庭院，可以遗山间。

日月何所弃，天地何所捐。

沧桑话千古，默默结生缘。

耐 冬

咏寒花始发，格高不趋时。

凌雪色更艳，羡煞傲霜枝。

堪与梅比性，清香沁心脾。

良种乃天赋，知音复几希。

骚客长相忆，梦里寄情诗。

造物多亲眷，不负一花痴。

偶 遇

园中，野蜂、青蝇
像两位绅士分坐一白菊左右，
安然自得，静享秋光。

金光暖白菊，十月情满园。
和风拂笑靥，馨香迷醉仙。
同道不必请，相知心更欢。
待见何须问，共席开秋筵。
蜂独爱清赏，蝇自品安闲。
世上多奇趣，悠悠看大千。

初 雪

久晴似春耀，时令疑秋长。

达人苦冬暖，竖子贪轻凉。

百虫不致死，越年事渺茫。

天公算有眼，苍生当自强。

今我聊胜意，杯水作琼浆。

事 农

全家忧生计，天才亦蒿藜。

能挣三餐饱，方不比人低。

兄姊排排坐，年长得先机。

持躬尽余力，凡事莫能欺。

进山伐柴薪，下地执锄犁。

四时无闲日，哪捡东和西。

偷懒小把戏，撂担太离题。

早晚看天色，风雨总相宜。

最苦双抢到，节令拼死催。

抢收还抢栽，二者莫相违。

置身水田里，一天脱层皮。

背似蒸汽烫，脚如沸汤随。

倘遇情更急，空腹过午时。

虽说捡一命，但气若游丝。

劳亲不误子，早学因未迟。

回念苦犹乐，彼中藏真知。

辛勤理稼穑，万世念在兹。

儿孙且欢喜，看我拟旧诗。

治　蝗

二零一一年四月下旬，受持续高温天气影响，

新疆草原蝗灾肆虐，北疆尤甚。

除去大型机械喷洒农药，

各地更注重生物治理，

其中养鸡灭蝗见奇效。

西北又遭罪，千里虐蝗灾。

焉能寻良策，群鸡遣公差。

眼睛似利箭，一口一尸骸。

长驱虽劳力，体壮气不衰。

旬日获全胜，鸣金欲徘徊。

造物真高手，天下无废才。

牧民奔相告，牛羊复归来。

草原许愿景，格桑花长开。

白 菊

亲亲气自华，从不爱虚夸。

浊酒拼千盏，兼材济万家。

每逢心更喜，偶忆色无瑕。

霜打何由恨，晚开也是花。

暮 春

晴光暖暖解人衣，独坐林塘渐入迷。

正午风高携雨粒，通身汗冷长鸡皮。

三竿海钓难圆梦，一片丹心可有期。

只道暮春常恶搞，归来始觉更无疑。

空 山

空山处处蕴奇材，午夜清风月满怀。

雾已追崇云水去，诗该放纵性情来。

心无一念林中鸟，缘定三生雨后苔。

世外桃园人莫问，千枝万朵为君开。

废 居

二零一一年正月初四，天已放晴，
与茶林兄踏雪山中，
见一老屋颓败，屋后菜地及门前耕田均废，
应知弃有年矣。

废居只是寻常物，突兀眼前人复惊。
残瓦不堪飘欲坠，断梁岂止恨无承。
草披老井情难抑，夕照空山鸟更鸣。
瑞雪丰年夸旧事，野田何意闹春耕。

不 堪

江南连月暴雨，西南长年极旱。
上天果真无眼，苍生徒然长叹。

风雷激荡似平凡，无止无休人不堪。
小巷还掀三尺浪，通衢能走万吨船。
他乡赤地长年苦，此处狂魔几度娴。
若道天公有神力，重云从速调西南。

悯　树

深山藏大树，快活赛神仙。

岂料遭不测，挟持看良田。

长根留一尺，虬枝断齐肩。

明日未能卜，夜哭向谁边。

且问何所故，城中造林园。

劫匪具慧眼，待价沽斗钱。

园丁有高手，爱心可鉴天。

难保十者半，苦境结生缘。

庶人无真知，讵敢立真言。

唯念命太贱，草草存此篇。

悯 鸟

造城何太急，智者费心机。

强圈十万亩，一夜令平夷。

大小皆佳树，幸存又几希。

可怜百家鸟，个个恨流离。

危楼冲天起，试与日月齐。

但见罢风笑，孰闻苦苦啼。

生死不知处，泪眼话凄迷。

明年发宏愿，我佛劝皈依。

悯 农

某岁春夏，天多阴雨，
时过夏至早禾仍不抽穗。

是年多豪雨，连绵两月余。

阴云望归去，蹙眉几不舒。

早禾误时令，长夜梦有无。

今岁逢大乱，谁敢问前途。

四邻命相近，哪得顾亲疏。

天公知病否，空腹寄何如。

落 叶

暮秋离别恨，身世寄飘零。

高低一何苦，横竖俱难行。

浪言千里足，孰闻竟自轻。

辗转心已碎，求死不得成。

莫奈三更雨，信由午夜风。

相思了无益，请恕我绝情。

野 菊

不与时蔬抢地盘，欣然侧体寄塘边。

凌霜更爱秋风颂，傲雪还期腊月天。

贵贱谁签卖身契，荣枯岂让捐屁钱。

乌云蔽日全无怨，自有金光照玉颜。

清　明

清明巡故里，故里何所依。

陌上徒空寂，野风任游离。

流光连老病，碧草起新疑。

生者在歧路，此情无止期。

开樽谁与饮，恕不费奢靡。

最苦山中鸟，孤坟夜夜啼。

御 寒

怎比邻家子，围炉怨天寒。

农父忙活计，躬身在园田。

厚衣嫌累赘，轻装任体宽。

风起仍不觉，头顶冒浓烟。

忽见我含笑，对面问高年。

皓齿生辉熠，朱唇吐真言。

今岁六十九，几时敢偷闲。

心中一团火，隆冬更欲燃。

大 雪

城中所见，浮想联翩。

不吐不快，近乎狂癫。

一

飘飘洒洒情难已，不夜乾坤醉眼迷。

万物欣欣披鹤氅，八方寂寂孕禅机。

哪堪终日蒙污垢，但使芳心恨别离。

浊世难为命多舛，可怜玉体遭恶欺。

二

往来还道总烦心，因故偏偏怕见人。

悔不深山寻胜境，幸留通体远嚣尘。

城中污秽辱新面，梦里伤疼忆旧痕。

但请回天重抖擞，高寒寂寞任亲亲。

偏　居

寸心不违逆，仰面遗世情。

电讯早切断，进出无影屏。

经读露何重，星观天更青。

竿横云涌处，独钓太公名。

攀登止于兴，短腿志竟成。

有风谁寂寞，无酒水亦兵。

猛然高一曲，众鸟未作声。

偶得浅浅唱，诸虫驻足听。

寄居近半月，私下比仙翁。

放浪全由己，无须品知行。

散 人

空山似季春，炎暑好安身。

欲比云中鸟，何如树下荫。

新书翻两页，薄酒搞三斤。

过客平江佬，谁知亦散人。

深　秋

高风直起扫乾坤，过境不言秋已深。

园柳昏昏衰叶堕，藕塘瑟瑟败枝吟。

傲霜金菊宁无种，似火石榴真用心。

蜂蝶已知时令转，还来此处觅知音。

巨 石

巨石被文明挟持，纷纷离开大山，
成为庭院或城市一道道贵重的风景。
有诗为证，曰：

一

醉卧深山见性灵，幽思一缕似清风。
何劳商贾夸身价，不向人间盗幸名。

二

千秋百世埋名姓，意在深山竟莫能。
一夜神州多富贵，黄金万两买文明。

古桑洲

湘江江心洲，南北长三千五百米，
东西宽约三百米。
洲上居民世代以捕鱼及种桑养蚕为业，
传有千百年矣。
今属湖南省株洲市天元区马家河镇。

一

北去洞庭三百里，江心稍事作停留。
湘君美意情难却，一醉千秋不远游。

二

世上高人猜不透，神仙见了也搔头。
耳边风雨千秋过，独坐江心看水流。

北邙山（组诗）

一

北邙山上种千堆，大小高低都勒碑。
指望一朝成胜迹，苍天不让耍余威。

二

野草三秋还复生，凡人一去便成空。
金山十座归尘土，一世浮名一阵风。

三

凄风苦雨竟相摧，几度春秋地自肥。
后世不来寻旧主，高陵寂寞屏翠微。

四

万里河山万里情，死人还要与谁争。
不留几亩高粱地，只等儿孙哭北风。

汨罗江（组诗）

一

汨罗江上雨纷纷，屈子祠前听苦吟。

千载悠悠伤水逝，心香一炷吊诗魂。

二

把酒问天天不应，洞庭北望气难平。

潇潇风雨楚声远，还待清宵侧耳听。

三

梦里依稀似旧时，美人香草寄哀思。

行吟泽畔无新鬼，流水年年作悼词。

四

大夫一去怨何深，日月争辉照寸心。

万世千秋谁有幸，楚山楚水楚中人。

世态篇

无 题

多少豪情怨暗伤，满城声色信由缰。

神归地狱才思过，鬼入天堂总怕光。

无病蹙眉装有病，黑帮变脸作红帮。

决然已去东流水，回首人间泪更长。

富 商

昔日小胖墩，人知性顽冥。

读书如吞药，事农误阴晴。

群殴恐缺位，偷摸敏于行。

十五秉父志，造炮以为生。

但能顾温饱，不敢问前程。

三十父亡去，江湖浪其形。

赌博频遭杀，炒股复扳赢。

四十染房产，一鸣同行惊。

从此语更响，远近尊大名。

出入有香车，左右多壮丁。

近日得相见，差些认错人。

着一金丝边，满脸露斯文。

笑问我岁入，连说太寒伧。

西 施

悠悠东逝水，匆匆往来客。

溪边多浣女，谁赞倾城色。

一旦蒙恩宠，万民同声和。

幸托有厚薄，难言善与恶。

流光千古恨，美景徒虚设。

荣枯无常态，非关凉和热。

恕　醉

酒杯虽觉浅，古井未及深。

语出无伦次，且莫穷本根。

是醉还非醉，是非存一心。

若信真亦假，谁怕假还真。

来去匆匆客，过眼似烟云。

饮者只为饮，方为饮中君。

真 味

非是酒中人，不知酒中味。

几家锁愁眉，夜深竟难寐。

或拒勿沾唇，开口即惭愧。

或饮乱行止，举杯必烂醉。

未离执末端，谁能证其伪。

还请进一言，智者当理会。

美酒如美色，何苦受其累。

百年驹过隙，徒然望项背。

世 风

茫茫何所顾，浊气四时熏。

独醉名与利，鲜不昧良心。

烂絮藏其里，金光耀其身。

迎面逢冤鬼，漠然置罔闻。

唯己尊至上，目中无亲伦。

敲骨当柴火，拔毛造寿衾。

殷勤劝守节，未知果是因。

理屈气还壮，声高勿由人。

胆敢灭天道，公开辱众神。

浮生寄一世，罪孽自难陈。

今我枉怀忧，清宵作苦吟。

群英废寝食，但可使清淳。

宦 海

读史，叹宦海沉浮，
思绪万千，只存短句。

苦水知深广，时人怨暗伤。
德高须敛翼，学富莫登堂。
岂不行偷盗，焉能远祸殃。
风流多怨鬼，窃贼假忠良。

稚 童

一弯新月挂青天，万世千秋不等闲。

朗朗冰心人见美，莹莹玉质性无偏。

枇杷是涩真言涩，柰李还酸径指酸。

哪似成年多顾盼，吞吞吐吐绕圈圈。

美 人

口红敢羞花，远闻腥如血。

胸涌起波涛，海神当无悦。

裤短露肥臀，冬寒不减热。

妖女未及俗，眼圈迷紫色。

专为娱者亲，敢疑陌生客。

满城歌舞厅，趋之更忐忑。

暗 娼

暗娼行大道，兰桂不馨香。

此病闻天下，欺心寄庙堂。

古来同一调，世态恨炎凉。

今又何所异，信口问街坊。

谦谦多君子，过往见恓惶。

贞洁固难守，谁能莫自伤。

矿 难

轰隆一声响，日没晦无光。

壮汉十七条，悉数罹祸殃。

活着不露脸，死了还要藏。

些小州县吏，报喜不报丧。

睁眼说瞎话，公然昧天良。

八个只管瞒，九人算重伤。

传媒亦配合，知情勿宣扬。

闪电理善后，恶梦怕夜长。

草民多自轻，毕竟好商量。

有钱鬼推磨，讵能失周章。

但保乌纱帽，何事令心慌。

罪责庶可免，休管乱朝纲。

车 祸

二零一一年七月二十三日二十点二十七分，

北京至福州D301次动车行至温州双屿路段，

与杭州至福州D3115次动车追尾，

导致D301次第一、二、三节车厢侧翻，

坠入高架桥下，第四节车厢悬挂桥上，

D3115次第十五、十六节车厢损毁严重。

当场死三十九人，伤二百多人⋯⋯

惊魂一刻，不忍回望！

欲速则不达，此情复何悲。

技高造冤孽，罪责敢问谁。

三十九条命，呜呼一风吹。

江河闻长恨，日月泪双垂。

寿焉比金石，怎耐恶常摧。

梦里期来世，来世是还非。

繁华有憔悴，况且性乱为。

得道天相助，失道祸相随。

孤心怀恻隐，往事犹可追。

生乃无价宝，君又能几回。

弃 婴

某晚院中散步，保安告知树墙边两包裹，
疑人弃婴。遂与往，
移至西门值班室，并报警。

十月怀胎苦，弃之若浮萍。

谁家遭变故，竟恶添此丁。

或母不得已，未敢暴隐情。

或父不担责，无养一身轻。

敢问为哪般，今世多丑行。

纵然亲骨肉，亦忍见飘零。

草芥何罪有，当春乃发生。

弱小岂是错，佛灯照分明。

穷究枉折寿，莫如诵心经。

人人种福田，天下享太平。

讨 薪（组诗）

二零一一年腊月二十三，

偶遇外来务工者，无钱回家过年。

言及讨薪，双目圆睁……

一

讨薪如顶罪，欠账反抡拳。

拼死亦何奈，还生且自怜。

贼心皆似虎，长夜不能眠。

欲问天知否，家中断晚烟。

二

明朝是小年，再去讨工钱。

救命还须药，安身不羡仙。

椎胸吞苦酒，含泪问青天。

谁个能行善，千秋一圣贤。

三

妻儿眼望穿，老母泪涟涟。

情共三年恨，月分几度圆。

有钱谁不爱，无米鬼都嫌。

空手人归去，只能更愧颜。

四

有家回不去，无脸话新年。

野灶分微火，愁云罩冷烟。

孤身人寂寞，午夜梦团圆。

满满一壶酒，围炉笑语喧。

上 访（组诗）

一

不怕往来寒暑侵，在家千日气难吞。
风尘满面心如铁，自愧人前不是人。

二

有闲不去观风景，因故还来问路津。
十里长安街上走，孤身何似雁离群。

三

街头相见不相亲，来者盘查怒几分。
不道京畿是何处，但言违忤入城门。

绕 行

谁家院落，金刚护卫。

高墙森森，狼狗成队。

龇牙咧嘴，何当理会。

独自绕行，但思戒备。

世情如是，岂由蒙昧。

智者自重，休言进退。

山转水转，身心不累。

柳暗花明，一生无悔。

利　器

横冲直撞，上天入地。

削铁如泥，谁与伦比。

无往不胜，人神共祭。

纵使厉鬼，岂敢儿戏。

千古风云，说甚秘密。

日月寡言，众星寂寂。

一柄在握，我大于理。

山河呜咽，此情何已。

罗　网

大道沉沦鬼唱歌，流光窃窃任消磨。

残灰二两都嫌少，凡世百年谁怕多。

不见斗鸡泅火海，可闻走狗下油锅。

空山一夜秋风起，衮衮诸公坠网罗。

公 宴

不问苍生不问天，肉身只待浪无边。

今宵粪土三千担，昨日烟云五万钱。

眼似青光谁见怪，心无明镜鬼才冤。

呼风唤雨行长运，醉里春秋贺假年。

庸 医

闻道庸医有特长，杏旗一挂便开张。

装神弄鬼施妖术，昧眼欺心画处方。

背上生疮来猛药，颅中出血灌清汤。

恶行不怕遭天谴，人命由他寄庙堂。

宦 游

终日驱车走，一春接一春。

稚子如丧父，妻妾苟承恩。

热肠遇冰涩，寒气忍声吞。

俯首尊高祖，甘心作小人。

万幸能登第，主公最劳神。

跪谢一生短，眷念尚须勤。

时值风雷劲，堂坐非旧闻。

诸事从头越，苦绝不堪吟。

世上多歧路，迷此失本真。

所为何所得，老病空返身。

植 树

南方某地，四月气温骤升，
时政不顾节令，强行城市绿化，
五月犹命抢栽。

一

人间四月春意浓，此地炎官早登陆。
时政点燃三把火，全城号令十年树。
生耶死也赖天垂，恨了骂吧非我顾。
巷议纷纷话死猪，万民竞起造枯木。

二

沿江两岸久无荫，何故匆匆满目春。
乐道鸟儿生敬意，新闻时政树雄心。
奇谈怪论谁人信，老干青苗烈火焚。
梦里阿聪犹窃笑，金秋伐木换纹银。

耳 闻

日月沉浮看古今，古人惭愧让今人。

同床不问千般意，求偶尤迷万贯金。

浪女整容仙鹤影，情郎变态狗娘身。

热风折煞英雄气，十里街坊早耳闻。

大 师

华夏大地大师辈出，似从天降。

不学无术者纷纷粉墨登场，

愚弄公众，窃取名利。

昨夜蛰居人莫问，今朝威莽漫天传。

唇沾点墨能欺世，眼递横波为逗欢。

红薯放言医百病，青蛙踢腿跨三川。

传媒吹鼓倾余力，万里沙丘起巨澜。

观　鱼

悠悠天地又何求，方寸藏身作海游。

怎见嚣尘遮丽日，不闻恶浪覆扁舟。

尚无再世虽知苦，却有今生已忘忧。

霹雳一声如梦醒，悔时恨晚泪双流。

恶 竹

南坡本无竹，请种三五根。

经夏不糜萎，遇春当发新。

数年未理会，举目已成林。

扶摇指霄汉，反客成主人。

悔为失删间，草木覆其阴。

或逼竞赴死，或饶将残身。

此病任狂滥，四野安不闻。

应违当时意，奈何一苦心。

生 肖（组诗）

鼠

昼夜横行竟不眠，既偷也抢闹翻天。

人人喊打心还软，喜看新年换旧年。

牛

俯首躬身作胜游，凌寒处暑也无休。

老来不问田间事，只个清秋放远眸。

虎

两个瞳仁似吊灯，景阳冈上寻武松。

一声长啸震天地，暮霭沉沉四望空。

兔

平生只爱青青草，行坐乖乖智不昏。

或遇危情如猛兽，鲜闻滥作妇人仁。

龙

呼风唤雨意悠悠，德不当为一苦囚。
万顷波涛成大象，小溪只配养泥鳅。

蛇

僵而不死性如初，冷眼秋风但欲除。
一点祸心人共识，岂因千古笑农夫。

马

脱开羁绊四蹄轻，不慕虚名不计程。
宁可荒原为情死，但将血汗付长风。

羊

结对成群也怕狼，时时处处谨提防。
何期遇险分头窜，只解寻常一顿荒。

猴

满面春风花映日，疑为好饮有神功。
水中捞月凭奇想，梦里凌空戏彩虹。

鸡

归来暮色看苍茫，一日同游兴味长。
个个清宵淹绮梦，浑然不觉黄鼠狼。

狗

乞怜摇尾赖基因，狂吠声声恨几分。
不怕有人生怒火，拿它肝肺做盘飧。

猪

美誉一身都是宝，三餐供奉不须劳。
忽闻窗外嗷嗷叫，兀自忧心恨远庖。

牡　丹

早起怕风凉，晚来因更狂。

心虚夸大斗，色艳抑清香。

骚客疑真伪，世人争短长。

此间多上品，独个赖称王。

梦　境

众芳皆憔悴，大木不留皮。

蛇蝎横四海，通衢露杀机。

六畜遭瘟疫，玉身委烂泥。

白昼一桶漆，空中闻鬼啼。

夫妻成反目，儿女恨离离。

老者遗于野，生死未有期。

挥泪复长叹，醒来复存疑。

但见天如洗，星月两依依。

夜 宴

酒肉皆朋友，推杯怎见愁。

圆桌瞠慧眼，红毯泪先流。

今生逢盛世，浩歌几时休。

长夜千金醉，相邀入画楼。

暗室盈春色，方寸作海游。

莫言忙空事，苦乐此中求。

枯 荷

碧池摇倩影，骚客著名篇。

夏日一何盛，流光不夜天。

众芳皆失色，百草徒汗颜。

盼顾生辉熠，含情若自怜。

野蜂以身许，浪蝶信良缘。

朝露呈美玉，晚霞织新绢。

莫待秋风老，诸形化紫烟。

无言谁复返，时过境乃迁。

无　度

山崩道不通，流水欲腾空。

偏遇连绵雨，徒淫造化工。

高低同泛滥，生死误从容。

日月唯长叹，神仙技亦穷。

恶 吏

序

一朝顶戴喜登台，丁寸微躯不复哀。
倏地平升三百尺，小人千里见高材。

一

终日劳劳何事扰，拔毛削铁赚身膘。
还嫌禄俸低人下，哪管民膏当纸烧。

二

荆条广厦充梁柱，楠木炉堂当劈柴。
垄上耕牛不言美，心扉只向狗儿开。

三

一条胸罩三千块，两担粗粮值几毛。
老母食忧浑不顾，但求四奶共良宵。

四

百花杀尽百花开，枉费心机枉费材。
防口若川焉能寐，夜深还怕重雨来。

五

啮到齿摇还作孽，阎罗哪个恨逍遥。
已然织就遮天网，处处笙歌醉热醪。

通 衢

白昼长明万盏灯，依然雾里看昏蒙。

粮仓硕鼠称高手，墙脚酣猫赚美名。

强弩谁怜猛禽死，坚冰犹怨芳草生。

神仙胯下多歧路，何处通衢走大风。

酒　楼

天寒地冻诸虫灭，如坐春风是半仙。

我掷千金无我恨，谁知百姓有谁怜。

他乡江月犹私语，何处冰心照不眠。

赖以沉沦无计否，叹为观止话丰年。

讳 言

死水一潭生孽障，晴空四望掩风波。

英雄个个青丝少，遭遇偏偏白眼多。

暗室可怜神碾磨，通衢还笑鬼穿梭。

曾经剑气冲牛斗，猛士今秋意欲何。

借 言

春种三千顷，秋收酒一杯。

农夫气欲绝，敢问你是谁。

贼心披锦绣，烂舌吐春雷。

胀死成冤鬼，还生只自肥。

年年看相似，岁岁又何为。

此间多孽障，风雨也逞威。

城 市

大楼林立比高低，花谢花开怕自欺。

腹胀还因朝饭饱，头晕只念午餐饥。

蓝天万里乌纱帽，碧水三湾绿藻衣。

百病缠身施重药，梧桐始见凤来仪。

惭　愧

乱象疑无止，春秋恨白头。

贼心主冤孽，英雄泪空流。

才遇毒奶粉，又闻地沟油。

真医售假药，人命复何求。

泥巴当石料，钢铁绕指柔。

大道天天补，长桥月月修。

禁火连三镇，林塘失清幽。

寒冬迁徙客，生死恐不周。

旱涝成水患，江河废绸缪。

闲田凭谁种，野果望谁收。

安危千古事，祸福几多愁。

俯首生惭愧，仰面自知羞。

人文篇

同 学

初中毕业后，从此各一方。

殷勤为生计，见面非寻常。

今次适中秋，偶悉吾返乡。

携妻堂中立，言事讨商量。

长女读大四，明年出学堂。

毕业即失业，此事令心慌。

看我夫妻俩，真个无所长。

鞠躬拜阿叔，届时多帮忙。

花费哪怕贵，卖屋卖余粮。

全家倾所有，卖血亦敢当。

但求中好运，三代披荣光。

莫袭父母命，永世穷窝囊。

语毕即刻走，不等我开腔。

净遗墙边物，鸡蛋满竹筐。

且出急呼告，答曰误赶场。

兄弟未嫌弃，将与谢同窗。

嫦　娥

匆匆往来客，知音何其微。

众星翘首待，几时敞心扉。

情愿寒彻骨，独自享清规。

长 城

天地无门户，众生任徜徉。

蜿蜒八万里，终究一粉墙。

智识存先后，焉能学秦皇。

放眼看世界，诸事仍荒唐。

千年一过客，开口似张扬。

莫言失恭敬，但欲哭孟姜。

农 父

农父四十九，两鬓披冷霜。

皮粗如松干，面黑似烟墙。

祖居在山坳，旧岁建楼房。

虽则莫何奈，拼死还得扛。

细崽二十五，今冬娶新娘。

春光无价宝，岂忍付荒唐。

诸事皆齐备，喟叹怎个长。

闻之欲垂泪，我心复悲伤。

老夫知天命，从不话炎凉。

肉身百来斤，谁念寿而康。

前世少作孽，得幸两儿郎。

还多就是祸，苦海恨断肠。

春　秋

但见春花满地红，无期秋树避衰容。

和风拂面谁生厌，冷雨揪心各不同。

梦里英雄气尤短，笼中虎豹力难穷。

星移斗转遵天命，似水流年影几重。

内 涝

小城酷似大花园，狂雨通宵竟未眠。

车陷长街都惹祸，犬游深海半成仙。

渔人上岸偏逢鬼，舟子摇头只怨天。

日月寻思难解惑，风云长叹又蒙冤。

祈　愿

一岁东逝水，旧年又履新。

但求抒胸臆，非作假病吟。

喜见田中汉，犹沐先祖恩。

时令忙稼穑，岁入有余存。

夜黑不闭户，路遗不拾金。

人人得其所，街头无流民。

少子尽获教，勿敢辱家门。

老者乐长寿，晚来享天伦。

诸位公仆身，杯酒几时晕。

目光宜向下，四野多察巡。

俸禄千百担，苦辛更知深。

快步开正道，风气力推淳。

莫使生怨怒，多寡患不均。

用心造和谐，无处遗垢氛。

访　贫

满城花簇簇，漫天雪纷纷。

年关逼时紧，照例去访贫。

车辆才停稳，二老迎出门。

忙言谢政府，鞠躬表感恩。

进屋还细看，两室只容身。

十多平方米，四口一家亲。

杂物狠劲挤，蛮横不让人。

白昼如寅卯，伸手五指云。

电视巴掌大，得缘旧翻新。

铺盖似铁板，辛酸刺鼻熏。

但问食无虞，答曰难见荤。

或遇妻发病，强为嚼菜根。

穷愁何止此，更待告与君。

拜托莫外传，亦免当丑闻。

两男少学教，而立笑流民。

岁入唯裹腹，哭钱论嫁婚。

虽女频相顾，日久终必分。

先祖岂可恕，怆然断子孙。

高堂请明鉴，底层苦海深。

所陈皆所见，句句未失真。

盘中餐有泪，杯中酒常晕。

竖子算粗鄙，良知且尚存。

遥论天涯事，两眼望近邻。

同城命相远，谁将心比心。

求　职

报载每年数百万大学生失业，
寒门子弟尤其农家子弟
万般无奈。

几度寒窗白发生，谁家有子问前程。
绵绵春雨怜芳草，凛凛秋风叹转蓬。
众口汹汹仍莫奈，孤身瑟瑟又何能。
恨将亲养寄流水，一夜无眠到五更。

秋　月

一夜秋风一夜愁，一轮残月卖银钩。

荒村莫辨人神鬼，浊世哪堪风马牛。

直向空山能避祸，偏留孽海反蒙羞。

只今点点英雄气，天下英雄可与谋。

遥 寄

落日依依映彩霞，晚风清唱过田家。

黄鹂欲报春无秀，白鹭应知鬓有华。

拔剑舔伤连我痛，衔杯顾影去他妈。

青山劫后还多梦，也种桑麻也种瓜。

岳 阳

雨霁风如洗，天高雁正秋。

远山非旧主，侠客上新楼。

胜状凭谁问，豪情尽自由。

人间多绮梦，今夜荡轻舟。

寒 食

平野雨霏霏，斜风亦劲吹。

怀人伤病酒，往事成是非。

长苦在歧路，岂堪多乱为。

求仁不得仁，孤心一何悲。

世上谁同志，空山识采薇。

从此远尘嚣，欣欣共忘归。

独 饮

题记：

年少即饮，犹好烈性酒；

往来应酬，最怕群而斗。

壶中天地阔，日夜放光芒。

世上凡几物，能比酒芬芳。

老夫耐清静，群饮少登堂。

登堂多怨鬼，苦水浇祸殃。

兴来邀孤影，二两余味长。

无须斗气概，无须讨商量。

唯辣情更炽，不辣不主张。

辣透方解颐，小溪自汪洋。

生前好一口，死后免凄惶。

百年有滋味，独饮益健康。

嵇 康

癖性真难假，浮名腻更空。

耻言三尺剑，冷对六钧弓。

意气冲霄汉，胸音震鬼雄。

千山何足慕，独木见葱茏。

野　老

生就人间一苦心，佛门有意勿由身。

形销骨铄真劳力，舌燥喉干枉费津。

不念奇才埋入海，须知野老自超群。

悠悠梦里清秋月，直照空山万古魂。

登 高

俯身揽流云，侧耳闻天音。

极目千里远，众山若几寻。

高处多不测，四围万壑深。

莫怪神无助，失足赖本心。

古今徒余恨，昼夜叹惊魂。

且问匆匆客，祸福继何人。

蜡　烛

寂寂一生久，谦谦何苦心。

得引耿耿亮，未知是祸因。

但求嘎然止，郁郁不由身。

戏 作

日落

白日依山尽，人间满别情。
炎凉呈假象，昼夜但分明。

黄河

黄河入海流，梦在天尽头。
万世无良策，千秋共远谋。

无奈

欲穷千里目，无奈坠深渊。
生死尚难测，春来不旧年。

阉鸡

更上一层楼，阉鸡夸斗牛。
心潮高万丈，独对夕阳愁。

物　语 (组诗)

桃花

彤云溢满枝，昨夜下清溪。
香气盈罗袖，春风说不知。

萤火

行止寂无声，孤心自照明。
长风吹不灭，朗月不相轻。

独秀

天地不相违，秋风不胜悲。
群芳空远影，独秀谁与归。

烽烟

白骨垒丘山，荒村不故园。
尘埃方落定，世上又烽烟。

独臂

暮色照寒溪，林深未可知。

人言多恶虎，独臂欲何施。

浮云

风电频驱使，往来但贱行。

飘飘何所寄，轻重何足称。

杂 记（一）

大树

背井离乡恨远行，悲歌一路叹伶仃。

何期待嫁千千万，但把无情作有情。

古剑

风云叱咤斗魔王，不过区区三尺长。

九死一生存血性，哪凭祸福惜锋芒。

灵泉

浊者浊来清自清，天光云影看分明。

盈而不溢浑如梦，只遇神灵解宿醒。

鸟鸣

阴雨绵绵未放晴，忽闻深树鸟孤鸣。

当真欲报春来早，何事空留三两声。

山水

不是生来见性灵，一山一水自多情。

天涯只恨长相忆，白发还须梦里行。

杂 记（二）

公鸡

引颈高歌冠照日，挺胸翘尾色尤鲜。

深更假寐闻啼鸟，忘了司晨还怨天。

乌鸦

开口还嫌不吉祥，尽遭白眼奈炎凉。

黑衣黑脸凡中鸟，夜半飞升变凤凰。

纸鸢

飘然欲上九重天，两个黄鹂笑纸鸢。

未等主人真放手，一头栽入烂泥田。

病猫

三餐腹胀欲昏昏，鼠乱横行素不闻。

梦里一朝遭齿啮，几声凄厉叹惊魂。

蚊子

贼心嗜血不嫌贫，未报人间一点恩。

过往匆匆都作孽，干干净净鲜留痕。

杂 记（三）

可许

猫鼠同床恨不能，马牛苟且话深情。
天堂火并神无助，可许人间任鬼行。

画鬼

游仙指点铁成金，竖子挥毫笑死人。
画虎不精专画鬼，声名邻里叹超群。

观棋

智谋且慢论高深，进退从来费苦心。
四面楚歌君莫恨，抬头一笑见真神。

答客

深山处处好安家，醉饮清流不用夸。

野果野花兼作饭，腥荤还有小鱼虾。

新年

诗书有味咀清凉，日月无私问短长。

岂信韶华因绮梦，谁从竖子枕黄粱。

杂 记（四）

青海

梦回青海探殷勤，油菜花开满目春。
皑皑远山消暑气，琴声万里牧流云。

梦醒

一江春水夜无眠，雨打风吹梦里船。
舟子醒来天已亮，人间才过五千年。

行行

万木萧疏复远行，寒流过境乱澄明。
未知梦里潇湘客，此去山中几日晴。

来年

抱叶寒蝉声欲断，登高野老气犹匀。

来年再上光明顶，独把天风祭鬼神。

君山

烟雨濛濛掩翠微，风中斑竹哭湘妃。

可堪一棹寻幽梦，梦里清宵人不归。

杂 记（五）

古城

秋风城外独徘徊，摇落霜天谁更哀。
夜夜笙歌听不厌，悠悠梦里煮牛排。

选美

几多仙女落人间，莫道芳心不自怜。
一夜成名天下爱，分分秒秒都是钱。

意象

竹生岩畔存高节，梅向冰天笑暗伤。
杨柳摇风兴作态，灯蛾扑火似寻常。

江湖

江湖一去路迢迢，冷眼狂风逐浪高。
只个扁舟终不返，鱼龙或与竞逍遥。

草民

莫道草民多自轻，草民自古有威名。
秦方二世如山倒，万里长城不足称。

杂 记（六）

买菜

三餐饱腹人何异，四季清心我不同。

挑去挑来还照旧，岂能贪嘴废年功。

寻梦

三更雨打芭蕉静，月色溶溶照影来。

寻梦千重了无迹，眼前忽又起阴霾。

秋望

绿肥红瘦笑愁眉，不负葱茏醉一杯。

落叶无声秋满地，高风还送雁来归。

遗嘱

长歌莫讳生前过，荒冢难留死后名。

二两残灰无冷热，轻耶重也一吹风。

作画

长堤十里沐清风，梦笔千回画不成。

百尺危楼屏两岸，华灯初上满江红。

杂 记（七）

野钓

天光云影绝嚣尘，十亩野塘浅亦深。
或遇仙人携劲酒，相谈不觉到黄昏。

归来

春日融融草木深，江边有客采蒿芹。
归来香气熏高枕，梦里依依送彩云。

春心

明月清风值几文，且将身价付春心。
沽来薄酒临江煮，过往佳人可自斟。

伊人

一轮明月照窗台，梦里伊人不再来。

只那桃花还会意，三三两两应时开。

邂逅

说是无心却有心，一朝邂逅晚来春。

神仙醉饮桃花酒，四月云山梦更深。

杂 记（八）

大木

万丈豪情照碧空，铜枝铁干有年功。
根深不怕狂风劲，梦里唏嘘叹转蓬。

菩萨

当庭独坐不劳心，一任虔诚拜至尊。
无肺无肝无血性，条条道上有知音。

宝剑

身经百战不寻常，赫赫威名盖四方。
万两黄金行大道，浪言有请菜刀帮。

花王

一日封王谁更狂，群芳笑语费思量。

丹青难耐心头痒，错使频频篡画堂。

老屋

青砖黑瓦镂花窗，过往还夸百世芳。

独守一隅从不语，金秋梦里见阿房。

杂 记（九）

不怪

老眼昏花人更痴，雪中乍见傲霜枝。
应疑有意违时令，不怪无心问太迟。

忆昔

千山万水等闲看，年少哪知行路难。
早晚无忧唯口腹，诗书恨不济三餐。

村访

寻常日月照青萝，人少田荒野兽多。
山路隐身疑莫辨，水塘只剩半边锅。

雪夜

知己相逢兴未阑，围炉煮雪一杯干。

凭窗共赏梅花瘦，犹喜新篁耐苦寒。

书生

斗室三间容进退，偏隅一世见亲疏。

夜深但喜灯为伴，梦醒方知兔对狐。

杂 记（十）

残菊

零落霜天志未摧，且容冷雨耍淫威。
偏偏不与争颜色，唯奉余香见腊梅。

李花

花开何似梨花盛，颜色差强点点深。
过往游人多罔见，余晖一抹照春心。

重阳

今宵浊酒祛寒气，昨日黄花扑鼻香。
不待天明鸡报信，秋风早已过重阳。

芙蓉

一生只肯嫁秋风，莫道良缘恨晚成。

真个要夸颜色好，疑深还浅是腮红。

秋晨

云淡风轻曙色新，红光冉冉照千门。

丹枫乌桕八分醉，不学儒生作苦吟。

杂 记（十一）

浮世

浮世千年不洗冤，清宵难寐自难言。

风流梦里一头热，月照窗前几度圆。

忌贪

粗茶淡饭七分饱，厚土高天九曲心。

胀死一餐成怨鬼，来生永世作孤魂。

采蜜

不比梅花踏雪开，满园桃李晚登台。

春风意下多劳力，特遣游蜂采蜜来。

听琴

春风秋雨易消磨，彩翼双飞恨几多。
今世同床只谈价，无须待见泪滂沱。

谢顶

一夜秋风逐转蓬，满山寂寂放光明。
世间几个多情客，指望年来还复青。

杂 记（十二）

书痴

一天两片苦丁茶，书海沉浮探物华。
陋室三间装不下，有心送给好人家。

寄语

眷念情深德不孤，上天赐我掌中珠。
红尘黯黯心如镜，最喜平生好读书。

浪言

饱腹安知存妄念，幽居未必释襟怀。
修眉暗结深深怨，莫道春风吹不开。

诗道

斯人罪过出生晚，佛祖慈悲入道迟。

不怕肉身多一死，年来还写断肠诗。

古意

两眼茫茫雪满山，空无一物天地间。

扁舟独向清江晚，还钓千秋彻骨寒。

孤 舟

茫茫江湖远，无处见安流。

纵然识水性，毕竟一孤舟。

铁臂莫敢停，沉浮自解忧。

险遇恶风乱，生死两不由。

客子闻悲戚，泪雨复难收。

李 白

江山因诗醉，万世仰天才。

蛟龙出沧海，客从何处来。

豪饮千杯少，壮志可道哉。

寂寞三尺剑，佯狂舞琼台。

死也水长恨，生又恸谁哀。

一轮峨眉月，梦里共徘徊。

偶 得（一）

不愁

挺身猫似虎，俯首蚁如牛。
赤胆行天下，冰心不结愁。

苦吟

忽又五更鸡，幽思莫奈迟。
感时空有幸，一夜半行诗。

真假

步步看时新，谁疑假与真。
满城花锦簇，四季只留春。

尊者

湘楚骨头硬，神州日月长。

珠峰仰人瑞，大木笑秋凉。

问道

青山从未老，绿水本无忧。

昂首听天籁，澄明万里秋。

偶　得（二）

白发

对镜诚难尽，劳心反易增。

何如两鬓满，竟也一身轻。

下吏

肉身非铁打，风雨易消磨。

落魄人长恨，谁堪魅影多。

听风

看花花已谢，对月月无言。

独坐幽篁里，听风弄管弦。

江亭

江亭风欲静，江水自心声。

笑看千秋月，樽前照更明。

送别

上下五千年，沉浮自在天。

江湖埋姓氏，一去托神仙。

偶　得（三）

贪泉

世上有贪泉，闻之尽愕然。
明明一汪水，日日复年年。

残照

野旷照残红，归心四望空。
欲飞恨无翼，老马嘶北风。

伤逝

芳心成浪漫，冷雨识秋深。
梦里三年泪，桃花几度春。

闲话

江河伤泛滥，风雨哭乾坤。

一把屠龙剑，夜深削菜根。

险途

四海任行行，春秋问死生。

往来名利客，谁不知险情。

无 愧

行走一生，问心无愧。

种瓜得瓜，春秋赎罪。

地远天高，遑论进退。

人在江湖，自知其味。

世风已然，夜深难寐。

莫如清心，方免形秽。

五尺之躯，何以为贵。

任他诏谀，我不献媚。

大圣孔丘，七十三岁。

百年有涯，岂容荒废。

山水至情，朝夕面对。

君子寡言，勿宁玉碎。

斗 猪

报载，美国怀俄明州
每年举办一次人猪摔跤赛，
并配美女与猪摔跤图。

登台披挂复存疑，讵料他乡这猎奇。
好斗畜牲非故友，贪玩女子更顽皮。
刺毛尖嘴方知痛，玉骨柔身不怕欺。
今我高低开眼界，原来猪也令人迷。

独 行

花开花落都是情，岁月悠悠任纵横。

春色雨中多妩媚，秋山雾里更空灵。

霜侵两鬓浑无恨，酒过三巡已忘形。

自去自来成大道，云舒云卷笑平生。

苍 蝇

情深一往结尘缘，数九寒天竟未眠。

稀客光临称美意，千金难买是清闲。

低飞可赖松筋骨，闲坐权当习道禅。

长望有心来作伴，神思助我构新篇。

野　马

天生豪骏真高品，野旷悠悠难复寻。

雨里奔腾能见力，云中呼啸不留痕。

为龙岂待谁称霸，指鹿何须自乱神。

老病诚然风骨在，几多慧眼识超群。

寄 人

霏霏淫雨助阴霾，只道春天开小差。

窗外风云容细品，世间冷暖不难猜。

一杯薄酒穿喉过，万里晴光入梦来。

抖擞精神看长物，百花杀尽又何哀。

秋 夜

木动秋声恨几人，满天星斗痛哀吟。

或非或是常无信，疑幻疑真竟有分。

风雨浸淫谁锦绣，尘埃落定自乾坤。

清宵漠漠凉如水，不待江湖问客心。

卖 艺

过客匆匆咫尺间，琴声引伫有谁怜。

街头卖艺餐风露，桥下栖身避暑寒。

瞽目无光由假寐，丹心含泪不轻弹。

寻常一曲深深醉，何似周游梦里边。

挑 夫

一根扁担斜在肩，离土离乡乞晚年。

明月借光怜皓首，残星有泪泣苍天。

伤筋痛骨浑身汗，俯首弯腰几个钱。

或遇强人无买卖，熙熙攘攘向谁言。

寄 月

澄明万里本无猜，永世千秋不废材。

浊气还缘陈腐起，清流只让高寒来。

未期迷雾开新面，哪怕阴风乱旷怀。

闲看人间错欢喜，慧心何处惹尘埃。

故 人

今岁又重阳，天涯梦断肠。

有钱还寂寞，无病亦凄凉。

灯下怜孤影，窗前对冷霜。

良宵泪泉涌，谁复空自伤。

第四辑

家道篇

夜 梦

二弟一去久，音讯不与闻。

昨夜忽归来，但见泪满襟。

跪抱我双膝，言我最体心。

细数父母好，枉顾得此身。

七年未尽孝，有负养育恩。

服侍双亲健，苦兄多劳神。

喊声好大哥，旋即不见人。

留我独惘然，周身汗淋淋。

别 离

大雨滂沱下，苍穹日日阴。

一去成永别，谁能信其真。

双亲哭无泪，强送黑发人。

坐等长夜苦，此间失亲伦。

晴儿三月满，襁褓柔弱身。

蹒跚学步始，何处承父恩。

叶子二十二，前年刚过门。

心如千刀剐，唏嘘痛乡邻。

兄弟有今世，见时少殷勤。

但许存妄念，来生还复亲。

莫怨情难已，忽倏若飙尘。

梦里徒空寂，独自成苦吟。

赠 内

灯下长兴叹，谨防早白头。

稚子玩心重，弗如请自由。

天性任伸展，江河畅其流。

违拗必有失，壅塞反堪忧。

世间书呆子，徒为书所囚。

纵多白日梦，飘缈不能酬。

四肢康而健，孰虑稻粱谋。

宁为贱其福，勿须妄言羞。

生时还苦短，俯仰几春秋。

烦恼莫预支，相悦何悠悠。

示 儿

为父逾不惑，念尔血相连。

援笔留数语，请得语中玄。

顾儿十五载，知苦更知甜。

何期成大器，但求善和谦。

青春能多日，貌美去如烟。

切莫恃无忌，遗患永无边。

常思己有错，怨怒勿由宣。

勤使体康健，福寿保两全。

人生自古下，鲜见一百年。

荣利身外止，得之顺天然。

万物固其性，折毁必招冤。

万事因其理，违拗必还原。

待添十岁长，再看示儿篇。

吾儿微颔笑，灼灼真人言。

幽 居

世事岂能料，孰烦空劳神。

耻做亏心鬼，哪来祸惹身。

独处寻佳句，闭门屏杂音。

长年有清梦，闹市远嚣尘。

温饱既知足，羞言富与贫。

安步以当车，出入同欣欣。

无酒水亦好，敝帚且自珍。

死生此中意，朗朗一乾坤。

杂 说

风云变幻看迷离，自去自来何所欺。

或信望梅能止渴，岂言画饼敢充饥。

耕耘俯首三餐饱，修练潜心四处宜。

天若有情多眷顾，不辞朝暮两依依。

中 元

山边烧纸钱，任由泪涟涟。

远走杳如鹤，敢忘一线牵。

今生还多日，见面再无缘。

小弟怎可知，愚兄亦可怜。

阴阳苦两界，此情太绵绵。

苍天应有恨，谁与话从前。

赤　心

纷繁世上多歧路，风雨春秋我自尊。

满腹诗书诚有信，半筐理论竟无闻。

十年漫漫血还热，两鬓斑斑眼不昏。

但肯自耕三亩地，一心一意种香芸。

午 休

谁家鼓乐闹翻天，孤老如常正欲眠。

闪电起身张耳盖，滚雷穿壁驶厅前。

一联速速濡枯笔，四句欣欣落素笺。

睡意尚能存午夜，诗丝遁走赖何言。

闻　道

朗朗乾坤颜色故，百年易逝笑沉浮。

自斟自饮知真味，何去何从是正途。

一度难为一剑客，一心只做一耕夫。

岁中闻道如添寿，长此躬行不乞书。

无　寄

佳人一去杳如烟，流水经年苦自怜。

敢念楼空成假寐，还从月落坐枯禅。

眼前景物生长怨，梦里容颜忆旧欢。

欲问天公知病否，此生寂寞恨因缘。

劝 读

人道财多身子弱，谁闻学富竟伤神。

五车未必通天地，十斗焉能盖古今。

热躁从来多害病，清明何止易安魂。

书山有路心如镜，世欲沉沦我不昏。

本　真

寻常日子抵千金，笑对风云不乱神。

媚骨奴颜知病色，低声下气现残身。

缤纷百态谁为贵，眷恋凡间我至尊。

绿水青山行更远，蓦然回首能几春。

焰 火

二零一一年秋夜，焰火晚会，
女儿困于校，然心向往之，
课间发来短信，
有"原来焰火用来听"一句。

入夜全城忙庆典，湘江两岸喜盈盈。
万枚花炮空余响，千米苍穹自照明。
不把诗丝拿去煮，怎知焰火用来听。
女儿短信传佳句，人道乖乖见性灵。

岳 翁

岳翁陈正启，

一九二零年冬月生，湖南平江人。

一生简朴，以道养身。

仁心好施，声名四邻。

古稀始骑，访友购物。

时人称叹，百岁无虑。

庚寅中秋，犹见如常。

不日绊倒，脑部重创。

未及一月，挥手西航。

养年有道堪称最，永寿知非在九旬。

常泰单车添虎翼，至亲四里鉴冰心。

中秋朗照团圆月，寒露悲歌祭祀门。

怜我今生无再奉，凄然涕下不儿孙。

孝　道

一去行千里，仙人奈苦留。

俗身无二世，劲草只三秋。

长夜焉能寐，愁思不可收。

终年知惨痛，厚葬复何求。

高 人

好饮且善饮，方能称高人。

无须再三劝，不必霸蛮筋。

佐菜更随意，何论素与荤。

半斤恰一口，二两才湿唇。

餐餐不可断，天天念此君。

不饮肌无力，两眼昏沉沉。

病来医莫助，饮之即精神。

谈笑自如故，步履稳而匀。

但莫以为奇，或言置乱闻。

我家五公公，饮中存一心。

未忧居无所，哪怕食无根。

八十三岁去，一脸笑吟吟。

夫　子

夫子聂鑫森，一九四八年生，湖南湘潭人。

有百余部中短篇小说被各大选刊转载，

二十余部中短篇小说

被译介到英、法、日、俄等国。

研习大写意花鸟画，

并为自己及他人著作插图。

夫子筋壮骨，闹市隐其居。

南北见情性，三湘尊鸿儒。

十六谋生计，劳力不遗余。

闲暇操翰墨，狂览百科书。

新诗雀声起，小说摘明珠。

老来情更炽，斗室添新娱。

字画成一体，标高格自殊。

品茗亦得道，问酒洞庭湖。

我与老夫子，相识某年初。

今宵缀此篇，无意搬亲疏。

益 友

少家贫，志不穷。

耐饥渴，擅田耕。

得高中，树增荣。

学无餍，性灵通。

鱼得水，水生风。

满五车，笑还空。

赴西域，血沸腾。

种桃李，七年功。

送火种，万家灯。

千锤炼，持有恒。

三九日，喜相逢。

着单衣，比青葱。

一壶酒，手未松。

两斤肉，毛毛虫。

惊鬼魅，气贯虹。

目如炬，鄙盲从。

行大道，主人翁。

肝胆照，交口称。

官清正，自鸣钟。

亲草根，近贤能。

非叶公，真好龙。

为师者，为良朋。

知天命，亦豪雄。

萧萧竹，百尺桐。

养 生

权重不增寿，财多空添愁。

生命无多次，去日谁能留。

诸业尽能事，还忌苦作囚。

虚名何所倚，竞逐几时休。

酒饮三分醉，饭饱七分收。

时蔬尤可爱，岂言让珍馐。

香烟藏毒性，成年可少抽。

两天十来根，神仙携与游。

诗书宜常伴，红袖莫强求。

古今话圣贤，斗室盖五洲。

忙闲勤散步，谨防借故溜。

有恒真见效，君请夺头筹。

一言以蔽之，未雨先绸缪。

四季长康泰，方免杞人忧。

冬 夜

是夜狂风，狂打窗门，
似催诗债，乱我清心。

负债心难静，三更恨苦吟。
诗成才两句，头痛已千钧。
若是神催我，焉能鬼打门。
晨光知永夜，许作自由身。

壮　游

时年病已除，腿脚应无虑。

我固适炎凉，天然生意趣。

深秋始壮游，白发多奇遇。

恶虎复归心，远山何所惧。

临　镜

忽见镜中人，霜侵两鬓惊。

未知强且壮，难免易劳形。

念少既能学，书山常远行。

筋骨不由懒，事农雨和晴。

年岁及弱冠，世情始洞明。

虽则无大志，能辨浊与清。

四十知不惑，灯下念真经。

毒酒若甘醴，却之莫敢停。

日月何相似，私情谁可凭。

赤心随缘尽，缥缈一尘轻。

自 省

且莫以为怪，偏作假病吟。

吾辈守法纪，罪孽同样深。

偶尔能自省，强比人中君。

沦落猪或狗，良知复何存。

文案束高阁，草野谁费心。

美酒日必饮，开怀我至尊。

出行多高调，左右密如云。

风雨在窗外，寒暑莫当真。

终生得厚泽，名为公仆身。

方寸非本色，未觉失常寻。

俨然从天降，如鹤立鸡群。

开口夸盛世，炫富耻道贫。

彩旗共妩媚，四季同欣欣。

财源滚滚来，唾沫变黄金。

遑论居无屋，休言食菜根。

恐违圣明意，只字未与闻。

念兹恨惭愧，一朝任直陈。

不愁头半白，但求稍安神。

得 闲

久不登高去，终觉有所违。

扶风径直上，衣袂拂清辉。

解我多情客，疏影亲亲随。

亭坐望城中，幽思更远飞。

众生何所异，终年欲何为。

汲汲荣与利，痴心已忘归。

世途藏凶险，晴空响闷雷。

惊破多少梦，始信生亦亏。

过往成旧事，逝者空余杯。

今宵何所顾，独醉一枝梅。

长　计

行坐无长计，如何才是好。

近山识鸟音，云中学古调。

忽忽竟三年，痴情非草草。

清泉出云岫，神思未枯槁。

有作且示人，所闻皆称道。

虚名伤仲永，心宽只一笑。

四十尤金贵，五十还言少。

六十比秋花，七十不卖老。

天赋有高低，性情无拙巧。

些些长短句，或能解襟抱。

临　川

秋风起袅袅，落日照参差。

独坐一江水，冷暖两由之。

何事添憔悴，昼夜复驱驰。

生涯有遗憾，春去空自知。

朝为夕所寄，伤心在几时。

千金无买卖，造物不营私。

天　怜

天怜下界也心慌，秋雨春风哭早殇。

野菜搭帮肝胃好，薄糊要比狗猪强。

哪堪长日神无主，最怕深更鼠绕床。

佳讯不时传梦里，难为鱼肉润枯肠。

游 园

赏樱花遇雨急，人散，

余留雨中……

三月樱花迷醉眼，四方游客聚浓云。

阴晴变幻非由己，风雨飘摇岂让人。

两寸赤心谙世故，一抔黄土迄腰深。

多情只寄清幽处，不拟将身枉苦辛。

劝 饮

翦翦秋风一点寒，荆天楚地照婵娟。
举杯已落刘门后，遣兴何妨阮氏前。
聚首竹林非渴饮，栖身草野不空谈。
十分清醒三分醉，梦里悠悠各自闲。

少　年

诗书从未笑寒门，省却劳劳父母心。

对弈放歌人不让，寻招问计鬼还亲。

穷追猛兽钻山空，敢斗游仙涉水深。

十里乡邻传快讯，一朝高中话真神。

行 吟

流水若无心，春秋爱恨深。

放歌闻草野，纵酒走山林。

世上风兼雨，人间假更真。

一篇鹏鸟赋，千古汨罗沉。

生　死

至死谁言赚，已生谁恨亏。

春花徒自励，秋叶赖天垂。

万户虚名泪，三年烂骨堆。

斯人何所异，勿使乱空为。

百　年

沧海横流岂无恨，世风直下信还真。

楼台也怕邻污水，草木须防惹祸心。

只道山中多野趣，少夸梦里远嚣尘。

百年一闪浮云散，不见芳菲总是春。

风 寒

人盼春光回大地，我于病榻度新年。

一生梦想难登月，五日风寒易损颜。

包子三枚馋饿鬼，吊瓶六个戏游仙。

针针见血无长效，处处留心竟枉然。

诗 心

春风秋雨总相宜，春月秋花看入迷。

野果三餐请为饭，闲云一片裁作衣。

诗心只怕青山老，梦笔无求旷世稀。

回首何曾惊岁晚，铅华褪尽复东篱。

何 求

向死还生不复求，春光即逝不回头。

三餐腹饱当无恙，四季天高岂让愁。

一盏开怀吟日月，两行即兴谢朋俦。

山南水北风流事，除却潇湘恨远游。

不　醉

饮者平生兴味浓，闹时却似静时同。

举杯可免开尊口，使性还称拜下风。

过往丈夫多气概，从来竖子少豪雄。

杏花村里寻常客，未见人前卧醉丛。

灯 下

古来多俊杰，今个一骚客。

长夜五更天，幽思千里鹤。

春秋不复言，寒暑犹知乐。

斗室藉微光，但夸真本色。

习　诗

生来不是神仙骨，世态炎凉自了然。

春种秋收聊胜意，东奔西走岂无言。

吟诗不似风华病，醉酒只因辞令鲜。

一任匆匆云水逝，但留佳句佐清欢。

关于"新风"（代跋）

某年秋月，某受派外出培训。虽了无趣味，却勿敢拂师者美意，有违尊师之道，或损某惜时如金之旧习。遂中规中矩，每必至，唯私请乐天、子美、陶潜等诗家同桌不吝赐教耳。未觉二月转瞬即逝，学非所学，不以为羞，反生窃喜。

自此，原本新诗爱好者，始学古调。初试有成，斗胆示人，皆曰可贺，以为砥砺。三年光景，约三百篇，几番提炼，俨然一册，谓之"新风"。

"新风"何谓"新"？

一曰新韵。某风所押之韵尽依现代汉语拼音。

二曰新语。某风多采现代口语入篇，力求从容晓畅，平白易懂，几不用典，偶有所见，亦为世人熟知。

三曰新事。某风着眼世象纷繁之现代社会，摹写现代趣味，自有新天地、新事物、新理念。

某自知轻狂矣！"新风"且作书名，祈希方家指正。

是为跋。

克胤壬辰岁杪于株洲